La version audio de ce livre
est téléchargeable gratuitement sur
www.talentshauts.fr

Conception graphique : *Claire!*
Conception et réalisation sonore :
Éditions Benjamins Media - Ludovic Rocca.
Avec les voix de Aymeric Dupuy-Héminou,
Ludovic Rocca, Tessa Thiery et Léa Thiery.
© Talents Hauts, 2012
ISBN : 978-2-36266-059-7
Loi n° 49-956 du 16 juillet 1949 sur les publications
destinées à la jeunesse
Dépôt légal : septembre 2012
Achevé d'imprimer en France par SEPEC
Numéro d'impression : 07202120701

Canteen Fun
Chouette ! La cantine !

Une histoire de Mellow
illustrée par Pauline Duhamel

banana

bread

cucumber

glasses

knives and forks

peas

yoghurt

mashed potatoes